LE
VOYAGEUR CATÉCHUMÈNE,

L'AMÉRICAIN SENSÉ

par hazard en Europe et fait chrétien
par complaisance,

OU

LE SECRET

de

l'Église trahi.

Ouvrage traduit de l'anglais.

ROME.

DE L'IMPRIMERIE DE SA SAINTETÉ

MDCCLXIX.

LE VOYAGEUR

CATHÉCHUMÈNE.

Des affaires de commerce m'avaient engagé à faire un voyage sur mer ; j'étais déjà bien loin des côtes de ma patrie, lorsqu'une tempête affreuse nous fit perdre notre route. Nous passâmes plusieurs jours entre la vie et la mort ; enfin nous fûmes jetés sur une terre inconnue, et forcés de trouver un asile contre la fureur des flots.

Je tombai entre les mains d'un peuple rempli d'humanité ; je m'aperçus bientôt qu'il avait perfectionné tous les arts, qu'il pratiquait les vertus, et qu'il était doué des plus hautes lumières où l'homme puisse atteindre. Mon admiration égalait ma reconnaissance ; mais hélas ! il n'est que trop vrai que l'homme décèle toujours par quelque endroit la faiblesse de son être.

Ces gens-là avaient pris de l'amitié pour moi comme j'en avais conçu pour eux ; leur douceur, leur honnêteté, avaient gagné mon âme. Il me dirent un jour : *de quelle religion êtes-vous ?* Cette question me surprit ; je leur demandai s'il y en avait deux : ma réponse les fit sourire, et je vis qu'ils étaient étonnés de mon ignorance : ils ajoutèrent : *adorez-vous des dieux de bois, de métal ou de pierre ?* Je haussai les épaules ; ils prirent un air de satisfaction, et poursuivirent : *croyez-vous à Moïse qui fit massacrer vingt trois mille de ses concitoyens par ordre de Dieu ?* Je fis un mouvement d'indignation ; ils continuèrent et me demandèrent si j'étais disciple de Mahomet qui fendit la lune en deux, et qui la cacha dans sa manche ? Je ne répondis que par des signes de mépris, qui parurent les satisfaire infiniment. *Êtes-vous chrétien*, me dirent-ils enfin ? Je répliquai que je ne savais pas ce qu'ils voulaient dire : ils parurent fort étonnés, et ils ajoutèrent qu'il ne connaissaient dans le monde que quatre espèces de religion. *Vous n'en avez donc point*, me dirent-ils ? je leur répondis vainement que j'étais né dans un pays où l'on adorait un seul Dieu. Intelligence suprême et bienfaisante, qui a créé le monde et qui le gouverne ; qui récompense dans une autre vie les bonnes actions que l'hommes a faites dans celle-ci; que notre culte consistait dans une reconnaissance et une soumission sans bornes, et dans l'exercice habituel des vertus, c'est-à-dire de la modération, de la tempérance, de l'humanité, de la bienfaisance et de la justice. *Est-ce tout*, reprient-ils ? Je leur dis que tout était renfermé dans ce peu de mots. *Eh quoi ! votre Dieu*. ajoutèrent-ils, *n'a point fait de miracles ?* Il a créé le ciel et la terre, répondis je modestement, que voulez-vous de plus ? *Quoi ! point de mystères, de prêtres, de cérémonies !* Je baissai la tête, et leur dis que je ne les comprenais pas. Je les entendis alors s'écrier entre eux : « le pauvre homme ! dans quel excès d'aveuglement, d'ignorance et de barbarie il est plongé ! Mon ami, me dit l'un d'eux, nous avons pitié de votre état, nous voulons vous éclairer ; remerciez Dieu qui vous a conduit de sa main au milieu de nous, pour vous convaincre de notre sainte et admirable religiou. Notre Dieu se nomme le Christ, nous nous appelons catholiques, vous allez voir Dieu. Mon étonnement serait difficile à exprimer ; *eh quoi, vous me ferez voir Dien !* Sans doute, répondirent-ils, vous le verrez tout comme nous ; nous n'avons pour cela que quatre pas à faire.

les suivis donc ; nous approchions d'un édifice immense, ils me dirent que c'était le temple ; je me fis expliquer ce mot ; j'appris, avec la plus grande surprise, que c'était un bâtiment où résidait leur Dieu. Eh quoi ! leur dis-je, vous renfermez Dieu entre quatre murailles, cet Être immense, infini, qui anime, pénètre, environne des mondes sans nombre ! Ils me répondirent froidement : *quand vous verrez notre Dieu, vous ne serez plus si surpris.* J'aperçus des portes, des serrures et des clefs à l'entrée de l'édifice, j'en demandai l'explication. Quoi ! le Dieu du ciel et de la terre, vous le tenez sous la clef ! *Il le faut bien,* dirent-ils, *sans cela on pourrait le voler, le profaner* Voler Dieu ! le profaner ! je passais d'étonnement en étonnement.

Nous avancions dans ce qu'ils appelaient le temple ; je demandai où était le

Dieu que l'on devait me faire voir. *Un peu de patience*, me dit-on; on me conduisit à l'extrémité de l'édifice.

Là, sur une table élevée de quelques marches au-dessus du sol, on me montre une grande niche d'un travail riche et élégant ; dans cette niche un cercle tout rayonnant d'or et de pierreries attire mes regards. Ce qui m'étonnait, c'était de voir ce cercle rempli d'une espèce de morceau de papier blanc : je leur demandai ce que c'était ? *C'est notre Dieu*, dirent-ils, *le voilà: à genoux, profane, adorez le Dieu de l'univers!*

J'avoue que je n'y voyais pas beaucoup de vraisemblance ; cependant comme j'ai toujours été avide de m'instruire, je pris la liberté de leur demander, pourquoi ils croyaient que le morceau de papier fût Dieu lui-même ?

Du papier, répliquèrent ils, blasphéma-

tout ? Ce que vous voyez n'est point du papier ; c'est un morceau de pâte travaillée avec la plus fine farine. Non moins étonné qu'auparavant, j'insistai et fis la même demande, à l'égard de la feuille de pâte.

Alors ils me dirent : Vous ne savez donc pas, ignorant, que Dieu s'est fait homme ! Je leur jurai que j'en apprenais la première nouvelle. Je leur demandai pourquoi il s'était fait homme ? Il faut que vous sachiez, reprirent-ils, que le premier homme mangea une pomme malgré la défense de Dieu, et que toute sa postérité fut en conséquence condamnée à des supplices éternels. Une autre fois les hommes se rendirent si coupables, que Dieu se repentit de les avoir créés, et dans un moment d'humeur il les noya tous, à l'exception d'un très-petit nombre. La postérité de ceux-ci n'en devint pas meilleure. Dieu continuait d'être irrité : il s'agissait de réconcilier le génre humain avec lui ; et Dieu le Fils se fit homme pour apaiser Dieu le Père.

Cette famille divine ne laissa pas que de m'étonner un peu. Et la fille de Dieu, dis-je alors, qu'est-elle devenue ? Ils répondirent gravement : *Dieu n'a point de fille.* — Ha! ha ! il n'a que des garçons. Mais dites-moi à quoi vous connaissez le sexe de ce Fils ? — Ils répondirent : *Dieu est incorporel, il n'a point de sexe, il n'en peut avoir.* — Mais, insistai-je, comment Dieu le Père a-t-il produit le Fils, qui ne peut être ni garçon ni fille ? — *Il l'a engendré.* — Dieu le père à donc un sexe ? il a donc une femme ? — *Rien de tout cela.* — Oh ! mes amis, ne vous servez donc pas de termes qui désignent une opération toute corporelle ; mais passons là-dessus. Quand est-ce que le Père a engendré le Fils ? — *De toute éternité.* — Mes amis, il y a encore ici quelque contradiction, il n'y a pas moyen que l'engendreur et l'engendré soient précisément aussi anciens l'un que l'autre. Accordez-moi au moins une minute. — *Nous ne vous accorderions pas une seconde.* — Eh bien, passons encore, je n'aime point à disputer sur ce que je n'entends pas ; dites-moi à présent : Votre Dieu n'a-t-il point eu d'autre enfant ? — *Non, mais il y a dans sa famille une troisième personne, qui procède du Père et du fils.* — Procède ! Je ne comprends pas cela : elle n'est donc pas engendrée celle-là ? — *Non vraiment, prenez garde à ce que vous dites, vous commettriez une hérésie.* — Eh bien, je vous passe encore votre procession, quoique je n'y entende rien. — *Oh ! Monsieur, ce sont des mystères.* — Et qu'est-ce que des mystères ? — *Écoutez bien, Monsieur, ce sont des choses que Dieu lui même a révélées aux hommes, tout exprès afin qu'il n'y comprissent rien du tout.* — A merveille, Messieurs ! — *Il a voulu humilier leur raison*. — C'est-à-dire qu'il a voulu leur inspirer du mépris pour le bien le plus précieux qu'ils tiennent de lui ; et vous ne faites donc plus aucun usage de votre raison ? — *Pardonnez-moi, il nous est ordonné de l'employer dans toutes les choses de la vie, excepté lorsqu'il s'agit de religion, alors ce serait un crime de la consulter.*

Toujours de mieux en mieux, mais vous avez donc trois Dieux ? — *Point du tout ; trois personnes, à la vérité, dont la première est le Père, la seconde le Fils, le verbe ou la parole, la troisième l'Esprit ; mais toutes les trois ne sont qu'un seul Dieu ; remarquez bien cela, car c'est une chose importante.* — Comment ! comment ! Messieurs, trois qui ne font qu'un, et un seul qui fait trois ! — *Oui, cela est, à la vérité, contre toutes les règles de l'a-*

rithmétique, mais concevez combien la théologie doit être au-dessus de cette petite science subalterne. — Fort bien, et lorsque quelqu'un vous doit trois écus, êtes-vous contens s'il ne vous en donne qu'un ? — Oh ! Monsieur, vous voulez rire, mais ce n'est pas ici matière à plaisanter ; c'est encore un mystère. — Oh ! tant. — Vous n'êtes pas au bout, c'est ce qui fait notre mérite, croire ce qui est absude, voilà ce qui peut flatter Dieu : d'ailleurs nous sommes venus à bout d'expliquer tout cela et d'en rendre raison. — Ah ! pourriez-vous me faire voir ces explications — Ah ! cela vous prendrait trop de temps. Il y a dix-sept cents ans que nous composons sans cesse des volumes d'explication sur toutes ces matières ; et (le croiriez-vous) il y a encore des milliers d'incrédules que nous ne pouvons convaincre. — Eh mais ! je vois un moyen de les ramener : menacezles de leur jeter les volumes à la tête, je parie qu'ils viennent se soumettre à vos pieds.

Mais revenons à votre troisième personne, comment l'appelez-vous ? — *Le Saint-Esprit*. — S'est-il fait homme aussi ? — *Point du tout, il s'est fait pigeon :* — Fort bien, mes amis, l'un me paraît aussi croyable que l'autre. — *Nous ne sommes pas bien assurés que ce fût sa forme naturelle, mais toutes les fois qu'il s'est montré aux hommes, il n'a pas manqué de revêtir celle-là.* — Et vous tenez sans doute ce Dieu-là dans un pigeonnier ? — *Point du tout, nous ne le tenons point du tout, non plus que Dieu le Père, que vous voyez peint là-haut avec des cheveux blancs et une longue barbe,* — Vous peignez sans doute le Fils avec la même barbe et les mêmes cheveux blancs ? — *Oh ! non, vous le voyez là sous la figure d'un bel homme, d'âge vi-*

ril, comme il convient. — Mais s'ils sont aussi anciens l'un que l'autre, il me semble que le Fils a autant de droit que le Père à tous les vénérables signes de vieillesse. — *Monsieur, il faut de l'ordre en toutes choses: vous voudriez donc renverser les lois de la nature et confondre le Père avec le Fils : celui-ci disait toujours dans sa course mortelle, que son Père était un plus grand que lui*. — Et vous le croyez pourtant son égal ? — *Sans doute, égal, plus grand ; quand on veut s'entendre, tout cela revient au même*.

On ne peut mieux raisonner. Et le Fils s'est fait homme sans doute de toute éternité ? *Quelle pitié ! il n'y a que dix-sept cents ans*. — De qui et comment est-il né ? — *Mon cher Monsieur, il est né d'une Vierge*. — Elle fut très-surprise sans doute ? — *Oh ! vous jugez bien ; mais un ange, un esprit céleste était venu heu-*

reusement pour la préparer : vous allez être surpris encore, cette Vierge était mariée. — Ah ! pardonnez moi, je le suis un peu moins que vous ne pensez : ce mystère, à mon avis, se comprend un peu mieux que les autres. — *Ne plaisantez pas, son mari ne couchait point avec elle ; c'est encore une révélation.* — Mais enfin comment cette Vierge conçut-elle ? — *Par l'opération du St-Esprit.* — Eh bien, par exemple, voilà qui est clair, et l'expression est de plus fort honnête ; c'est-à-dire, que que le pigeon qui procède du Fils, a ensuite produit le Fils Dieu homme ? — *Vous y êtes précisément. Il faut que vous ayez un talent naturel pour débrouiller les généalogies.* — Le fils d'une Vierge et d'un pigeon était véritablement un Dieu ? — *N'en doutez pas, la chose est si claire, comme vous voyez.*

Et cet homme Dieu, de quelle espèce de

Femme naquit-il ? — *D'une charpentière.*
— Ah ! j'en suis biens aise pour les charpentiers : et où naquit-il ? — *Dans une*
étable, entre un bœuf et un âne, au mois
de décembre, par un très-grand froid ;
mais Dieu n'abandonna pas son Fils :
l'âne et le bœuf soufflaient sur lui et le
réchauffaient. — Et n'y avait-il qu'un âne !
— *Non, Monsieur.* — Ah ! je conçois
bien qu'ils n'étaient pas tous là ; et quelle
vie mena-t-il ensuite ? — *Il passa trente*
ans dans la boutique de son père à qui il
était d'un grand secours dans tous ses
ouvrages. — Vraiment je crois que c'était
de la besogne bien faite : ah ! Messieurs
les belles idées que vous avez de la Divinité ! — *Au bout de ces trente ans, il se*
mit à prêcher le peuple dans les campagnes,
cela dura quelque temps ; ensuite les
magistrats se mirent de mauvaise humeur,

parce qu'il disait dans ses sermons beaucoup de mal des gens riches et en place,
et qu'il prétendait qu'ils iraient à tous les
diables : il prévit qu'il allait être mis en
prison, et il sua de peur sang et eau. —
Votre Dieu sua de peur ! Eh bien ! voilà
encore un beau trait dans son histoire. —
On l'arrêta, et par sentence des magistrats,
après qu'on lui eut craché au visage,
il fut mis en croix entre deux voleurs.
— Franchement, voilà un Dieu en bonne
posture, ou en bien mauvaise compagnie !
Et il mourut ? — *Et il mourut.* — Et il
fut enterré ? — *Et il fut enterré.* —

Eh bien ! Messieurs, voilà donc qui est
fini, votre Dieu est pendu, mort et enterré,
voilà son histoire terminée : je la trouve,
d'honneur, on ne peut pas plus amusante.
— *Monsieur, Monsieur, vous allez bien
vite ; il mourut, il est vrai, pour engager*

Dieu le Père à pardonner aux hommes. — En con-idération de ce qu'ils avaient tué son Fils : rien de mieux imaginé en effet. — *Mais apprenez que, pour témoignage de sa divinité, il se ressuscita lui-même trois jours après sa mort.* — En public ? — *Non, secrètement.* — Et quelles preuves avez-vous ? — *Le récit de ses disciples.* — Et que disait tout le peuple ? — *Il niait le fait.* — Fort bien, Messieurs, vous êtes aussi heureux en preuves qu'en raisonnemens. Et avait-il fait d'autres miracles pendant sa vie ? — *Oh ! tant ! Il guérissait tous les possédés, il séchait les figuiers, il envoyait les diables dans des troupeaux de cochons, il remplissait de poisson les filets de ses disciples, il remettait très-proprement les oreilles coupées, il changeait l'eau en vin, lorsqu'il était prié d'assister à des noces ; car il faut vous dire qu'il ne se* faisait pas une peine de se trouver à des festins lorsqu'on l'en priait. — Vraiment, pour un Dieu charpentier, il était tout-à-fait aimable, et de plus je vois qu'il se rendait utile dans les maisons ; c'est fort bien fait à lui : et voyait il des femmes ? — Quelquefois ; il était sur-tout fort indulgent pour les femmes adultères, et sa meilleure amie était une courtisane publique ; il avait gagné son ame, au point qu'elle ne voyait plus que lui. — Eh mais ! je suis assez content de ce miracle-là, il marque du talent et un mérite caché. — Ah ! vous dites bien, Monsieur, il aimait tant à se cacher, que jamais dans sa vie il n'a dit qu'il était Dieu. — Et pourtant vous le croyez Dieu ? — Sans doute : ses sectateurs ont disputé long-temps sur cet important article : il en a été de même du St-Esprit, et parce qu'il *n'était point parlé de ces trois personnes divines dans les anciennes écritures, le St-Esprit n'a été reconnu qu'après douze cents ans : et quant à la divinité de Jésus, il n'a fallu que trois cents ans de disputes, de troubles, de massacres, pour décider la chose à son avantage.* — Ah! je suis charmé de cette fortune-là : elle s'est un peu fait attendre, mais que diable, c'est sa faute aussi : lorsqu'un charpentier est Dieu, il me semble qu'il doit le dire lui-même ; sans cela comment veut-il qu'on le devine? Il me semble que ce serait encore assez faire que de l'en croire sur sa parole ; en vérité tous les charpentiers du monde n'en peuvent pas exiger davantage.

Mais puisque vous aimez tant ce Dieu homme, sans doute il est né dans votre pays ? — *Point du tout, il naquit, il vécut dans une autre partie du monde.* — Il me

semble que vous cherchez vos Dieux bien
loin ; apparemment il avait composé un
corps de doctrine et de religion, que vous
avez cru devoir adopter ? —*Il n'a point fait
de corps de doctrine, il n'a point enseigné
de nouvelle religion, il n'a rien composé,
rien écrit ; ne vous avons-nous pas dit qu'il
aimait à cacher ses œuvres ? Mais, à son
défaut, quelques-uns de ses disciples ont
écrit son histoire, ses discours, ses pensées.*
— Et c'est ce qui forme le code de votre
religion ? elle y est annoncée, définie, pres-
crite exactement ? —*Rien de tout cela, on
n'y trouve que quelques faits de sa vie, ac-
campagnés de quelques préceptes de mo-
ra'e, qu'il répanduit çà et là dans ses
discours ; il y dit lui-même hautement et
expressement, qu'il est venu accomplir la
loi ancienne, et non la changer.* — Il y
avait donc avant lui une religion particu-

lière dans le pays où il prit naissance ? —
Oui vraiment. — C'est donc cette religion
que vous suivez ? —*Nullement ; la nôtre
lui est opposée presque dans tous les points.*
— Mais d'où vous est donc venue cette religion nouvelle que vous avouez vous-
mêmes n'avoir par été annoncée ni enseignée
par votre Dieu ? C'est donc vous qu'il l'avez
faite ? — *Nous avons expliqué, commenté,
interprété sans cesse, pendant dix-sept
cents ans, tous les discours de notre Dieu,
et nous en avons tiré une belle suite de
dogmes et de mystères tout nouveaux.* —
Et vous êtes tous d'accord dans ces expli
cations ? — *Ah ! il s'en faut bien, nous
n'avons par cessé de disputer, de combattre,
de nous égorger pour ces diverses inter-
prétations.* — Je suis fâché de vous le dire,
mais voilà une religion qui ne paraît pas
attirante; vous ne vous entendez pas les uns

les autres, et vous vous égorgez pour cela ! Je suis fort mal édifié, je vous l'avoue; il s'ensuivrait de vos principes que Dieu serait venu exprès parmi les hommes, pour les engager à se massacrer mutuellement. Votre Dieu ne me plaît point du tout, mais je vois ce qui vous a fait adopter une religion si extraordinaire, c'est que les habitans où votre Dieu prêcha, l'avaient tous embrassée? — *C'est encore ce qui vous trompe; notre Dieu n'y gagna qu'un très-petit nombre de disciples, tous de la lie du peuple; et ne vous avons-nous pas dit qu'il fut mis à mort par ordre des magistrats?* — Quoi ! Messieurs, ses discours n'ont pas été crus par la nation qu'il instruisait ? — *Non, Monsieur.* — Ses miracles n'ont pas persuadé ceux qui en étaient témoins ? — *Non Monsieur.* — Et vous croyez à toutes ces choses, vous qui êtes à mille lieues et à dix-sept cents ans de distance? — *Oh! Monsieur, il y a explication à tout. Il faut que vous sachiez que Dieu avait envoyé exprès son Fils chez ce peuple, et qu'il avait exprès endurci le cœur de ce peuple, pour qu'il ne crût pas à son Fils.* — Bien expliqué! en honneur, voilà qui me paraît satisfaisant à l'excès. Faites-moi le plaisir de me dire quel était le nom de ce peuple? — *On l'appelait le peuple juif.* — Je ne le connais point. — *Oh! je le crois; il occupait un si petit et si pauvre pays, que sa réputation n'a pu faire beaucoup de chemin; mais il n'en était pas moins autrefois le premier peuple de la terre; Dieu l'avait choisi parmi tous les autres, pour en faire sa nation favorite : il le gouvernait par lui-même, il parlait souvent à ses chefs, mais il ne leur montrait que son derrière.*

Nous ne finirions pas, si nous voulions

vous raconter tous les prodiges qu'il ne cessait d'opérer en leur faveur.

Une fois entre autres qu'ils étaient au nombre de six cent mille combattans, il leur donna les moyens de se sauver des mains des ennemis qui les poursuivaient pour les avoir volés par ordre de Dieu. — Ah ! Messieurs, le beau miracle ! six cent mille combattans qui s'enfuient ! L'admirable idée que vous me donnez de cette brave nation et de son Dieu !

Il la chérissait à tel point, qu'à la moindre faute qu'elle commettait, il la livrait en proie aux peuples voisins, qui la réduisaient en esclavage, ou la massacraient sans pitié ; quelquefois aussi, par pure tendresse pour les Juifs, il leur ordonnait de s'égorger mutuellement, et il y en eut une fois vingt trois mille mis à mort par leurs propres concitoyens ; et cela par les ordres de Dieu même. *Il commanda à un de leurs rois de massacrer jusqu'au dernier homme d'une nation vaincue. Celui-ci eut l'audace de ne pas égorger des hommes hors d'état de se défendre, il en fut puni : un fils de ce roi mangea un peu de miel un jour de bataille, il fut condamné à la mort. Le père et le fils furent proscrits par leur Dieu justement irité, qui choisit exprès de sa main un nouveau roi. Celui-ci à la vérité coucha avec la femme d'un de ses généraux, et fit massacrer le mari. Il eut de cette femme adultère un fils, qui rassembla sept cents femmes dans son sérail : mais Dieu les chérit toujours l'un et l'autre. Tous deux furent comblés de bénédictions célestes. Notre Dieu homme avait l'honneur de descendre en droite ligne de cette femme adultère.* — Ah ! Messieurs, vous me faites frémir. — *Ne vous avons-nous pas*

déjà dit que la conduite de notre Dieu fut
toujours mystérieuse, et qu'il s'est proposé
pour objet d'humilier la raison humaine ?
Le premier législateur de ce peuple, et qui
lui fut donné pour chef par Dieu même,
était un assassin ; il n'en eut pas moins le
don de faire des miracles sans nombre.
Il composa un très-grand corps de lois
civiles et religieuses, que nous conservons
encore, et que nous révérons comme certainement inspirées par la Divinité. — Et
vous ne les suivez pas ? — Non vraiment ;
nous les avons en horreur ainsi que ceux
qui les pratiquent. Il est vrai que ce peuple
avait d'abord été choisi de Dieu, et tout
le reste de la terre rejeté ; ensuite toute
la terre a été appelée, et ce même peuple
proscrit. N'admirez-vous pas, Monsieur,
la sagesse du Dieu que nous adorons ?
Nous voulons aussi vous faire admirer sa

bonté, il avait défendu au peuple juif,
sous les plus grandes peines, de manger
du cochon, et Dieu s'est fait homme tout
exprès pour changer cela. Depuis dix-
sept cents ans, nous mangeons du cochon
tant qu'il nous plaît, et par reconnaissance
nous brûlons ceux qui n'en mangent pas. —

— A merveille : mais expliquez-moi, je
vous prie, ces mots proscrits, rejetés, que
je n'entends pas bien. — *Ils signifient que
tous ceux qui n'adorent par notre Dieu,
et qui ne lui rendent pas le même culte
que nous, sont condamnés dans l'autre
vie à des flammes éternelles.*

— Je comprends ; mais puisque tous les
hommes ont été appelés à votre nouvelle
religion pourquoi n'a-t-elle jamais été con-
nue dans le pays où je suis né ? — *Mystère !
Monsieur, mystère ! Et croyez-vous être
le seul qui n'ayez point connaissance de*

cette nouvelle religion ? — Je l'imagine du moins d'après vos principes. — Apprenez que le christianisme a rampé d'abord sur la terre pendant plusieurs siècles, ignoré, caché, répandu lentement dans le peuple. Quelques souverains l'adoptèrent ; alors ses progrès furent rapides et éclatans : mais, dans son plus haut point de grandeur, jamais il n'est parvenu qu'à occuper la quinzième partie de la terre. — Et les quatorze autres parties de la terre ne produisent que des damnés ? — *Rien n'est plus certain. et gardez-vous bien d'en douter, vous seriez damné vous-même.* — Cela me paraît bien dur : mais sans doute votre Dieu, votre religion, ont été annoncés à tous les peuples; c'est leur faute, s'ils persistent dans l'erreur. — *Vous vous pressez toujours trop tôt de juger : apprenez que les trois quarts de la terre n'ont* jamais eu, ni pu avoir connaissance de notre religion, du moins pendant quinze cents ans. Nous ignorions encore l'art de la navigation, nous ne pouvions traverser les mers immenses qui nous séparaient d'eux, pour aller les instruire de nos dogmes et de notre culte. — Et ces gens-là étaient damnés pour n'avoir pas connu ce qu'il ne pouvaient point connaître ? — Sans doute : depuis trois siècles l'art de naviguer nous a mis à portée d'aller instruire quelques-uns de ces peuples, seulement sur les côtes ; car il était impossible de pénétrer bien avant dans ces terres. Nous avons fait quelques prosélytes. Et ceux qui ne peuvent croire que trois ne font qu'un ? — Monsieur, nous les égorgeons, toutes les fois que nous sommes les plus forts. — Ah ! barbares ! — Prenez garde à ce que vous dites : nous vengeons notre Dieu, qu'ils ne veulent pas reconnaître ; nous voulons lui gagner des ames ; elle résistent, il faut bien punir leur obstination. — Messieurs, croyez-vous votre Dieu tout-puissant ? *Certainement.* — Il est tout-puissant, et vous pensez qu'il a besoin de votre secours pour gagner des ames, et vous vous chargez du soin de punir pour lui, et de le venger! Quelle terrible inconséquence ! Et votre Dieu vous a-t-il ordonné expressément d'égorger vos frères en son nom ? — *Non pas précisément, mais nous avons l'art d'interpréter ses volontés. On voit bien que vous ne savez pas ce que c'est que le zèle de la gloire de Dieu, et l'extrême envie de lui plaire.* — Et le moyen que vous choisissez est de massacrer ses créatures!. . . . .

Je frémissais de tant d'absurdités et d'horreurs : mais faisant effort sur moi-

même pour achever de m'instruire, je leur demandai quel était leur culte. Il me dirent:
— *Vous l'allez voir, voilà le prêtre qui monte à l'autel, suivez les cérémonies.*

Je vis en effet cet homme singulièrement et richement vêtu, se courber, se relever, se promener d'un côté à l'autre, lisant, marmotant des paroles que je n'entendais pas : je leur dis : cet homme ne parle donc pas votre langue? — *Vraiment non, répondirent-ils ; toutes nos prières sont dans une langue étrangère, qui n'est guère entendue que de la millième partie de la nation ; et la plupart même des livres de notre religion sont écrits dans un langage si ancien, que personne ne le comprend plus.* — Je témoignai ma surprise, mais on me répéta doucement. — *Suivez les cérémonies.* — Je vis alors le prêtre prendre entre ses mains une grande feuille de pâte. Je leur

dis : est-ce encore là votre Dieu ? — *Pas
encore, me répliqua-t-on ; mais vous
n'attendrez pas longtemps.* — Je redoublai
d'attention pour voir comme on devenait
Dieu. Le prêtre s'inclina, marmota quelques mots, leva le morceau de pâte par-
dessus sa tête : tout le monde était
prosterné, on m'obligea d'en faire autant.
Je ne comprenais rien à tout cela. Cepén-
dant le prêtre prit une coupe d'argent,
dans laquelle je lui avais vu mettre de l'eau
et du vin ; il s'inclina encore, prononça
des paroles, leva la coupe par-dessus sa
tête. Interdit, étonné, je demandai l'explication de ce que je voyais. — On me ré-
pondit. — *Ce morceau de pâte que vous
avez vu d'abord, et que vous voyez encore,
ce vin et cette eau qui sont renfermés dans
cette coupe, existaient tout à l'heure, et
n'existent plus.* — Comment ! ils n'existent

plus, et je les vois comme je les voyais
auparavant ! — *N'importe, me dit-on, vos
sens vous trompent : d'abord, c'était en
effet de la pâte, c'était du vin et de l'eau ;
à présent, par le moyen des paroles que
le prêtre vient de prononcer, cette pâte s'est
anéantie, elle est devenue le corps même de
notre Dieu : cette eau et ce vin ont cessé
d'être, ils sont devenus le sang de Dieu.
Êtes-vous au fait à présent ? Convenez que
voilà un beau mystè e.* — Admirable en
effet ! Le corps de Dieu d'un côté, et son
sang de l'autre ! Que cela est heureusement
imaginé ! Mais, Messieurs, êtes-vous bien
assurés de ce que vous me dites ? —
*Comment en pouvez-vous douter ? Le prêtre
a dit les paroles.* — Et votre Dieu est
obligé de s'y soumettre, et de se rendre
là à point nommé ? — *Sans doute.* — J'avais
ouï dire que Dieu avait créé l'homme, et ici

c'est l'homme qui crée Dieu. — *Oui, Monsieur.* — Et vous pouvez tous opérer ce prodige ? — *Oh ! non, il n'y a parmi nous que les prêtres qui aient ce pouvoir.* — Et qu'est-ce que les prêtres ? — *Ce sont des hommes qui embrassent cet état pour vivre, et à qui l'on donne dix sous pour faire ce prodige ?* — Cela ne me paraît pas cher, et ils ne le font apparemment qu'une seule fois dans leur vie ? — *Point du tout, ils le peuvent à toute heure, à tout moment : mais pour l'ordinaire, ils se contentent d'une seule fois par jour.* — En vérité, cela me paraît bien modeste de leur part. Vous avez donc chaque jour autant de Dieux que de prêtres ? — *Vous y êtes précisément.* — Et avez-vous beaucoup de prêtres ? — *Un nombre presque infini.* — Et par conséquent un nombre presque infini de Dieux. Ah ! Messieurs, la belle manufacture que vous avez là ! Je suis dans un étonnement.........— *Ne vous pressez pas de vous étonner, me dirent-ils, vous n'êtes pas au bout.*

Apparemment, leur dis-je alors, qu'il n'y a qu'un seul de vos prêtres qui fasse cette cérémonie à une heure fixée; votre Dieu ne pourrait se trouver en deux endroits à la fois.— *Vous vous trompez encore : il y a peut-être en ce moment même, cinq cent mille prêtres qui prononcent les mêmes paroles.*— Et cinq cent mille Dieux créés à la fois au même instant?— *Oui, Monsieur, et c'est absolument un seul et même Dieu par-tout.*— Et les cinq cent mille Dieux ne font qu'un?— *A merveille, vous voyez bien que cela va tout seul, et que rien n'est plus aisé à comprendre; vous l'avez saisi d'abord, mais ne perdez pas le prêtre de vue, et observez attentivement ce qu'il fait.*

Je levai les yeux, et je l'aperçus qui rompait la feuille de pâte entre ses doigts : je frémis, et ne pus m'empêcher de m'écrier : ah ! Messieurs, voilà le prêtre qui casse les bras et les jambes à votre Dieu ! Ils se mirent à sourire et me dirent avec douleur ; — *Ne craignez rien, il l'a divisé en trois parties, il est vrai, mais c'est sans lui faire aucun mal : car le corps de Dieu se trouve à présent tout entier dans chacune de ces trois parties, et vous devez convenir que cela se comprend aussi aisément que toute le reste.* Je fus obligé de l'avouer. En même temps je remarquai que le prêtre mettait un petit morceau de pâte dans la coupe où était le sang : étonné encore, je leur dis : voilà le qu'il met le corps dans le sang ; et il me semble au contraire que c'est le sang qui devrait être dans le corps. Ils se moquèrent de moi, et me dirent de ne pas insister sur ces bagatelles, et que j'allais voir bien autre chose.

En effet, je vis le prêtre qui pliait proprement les deux grandes parties de la feuille de pâte l'une sur l'autre ; il se frappa trois fois la poitrine ; il approcha sa bouche ; jugez de ma surprise ! je le vis saisir son Dieu entre les dents, lui faire craquer les os, le manger, le dévorer, l'avaler enfin et l'absorber dans son estomac. On me dit — *Vous voilà bien étonné ; vous ignoriez qu'un homme pût manger Dieu ; vous voyez pourtant que cela est bientôt fait.* — Ah ! Messieurs, leur dis-je, il en a mangé trente pour le moins, car j'ai bien vu qu'il l'a mâché assez long-temps, et il ne l'a pu sans le diviser entre ses dents ; et vous venez de me dire que dans chaque partie il reconnaissait un

Dieu tout entier. — *Eh bien ! trente fois,* *me répondit-on* — J'avoue, repris-je alors, qu'il était bien juste qu'il les mangeât, puisqu'il les avait faits. Mais comment a-t-il pu ne faire qu'une bouchée de ce corps tout entier, ou plutôt de ces trente corps ? Comment le goût de la chair de cet homme—Dieu ne l'a-t-il pas fait frémir? — *Vous n'y êtes pas, reprirent-ils : il n'a senti que le volume et le goût de la petite feuille de pâte : ne vous avons-nous pas dit que toutes ses apparences continuaient de subsister ?* — C'est-à-dire que votre Dieu, après avoir fait un miracle pour venir là en opère un second pour vous en faire douter ? — *Oui, Monsieur, afin que nous ayons du mérite à croire.* — Je vois, Messieurs. que vous n'en êtes pas les dupes, et que vous ne donnez pas dans ces piéges-là. Mais sans doute votre Dieu a enseigné formellement et évidemment ce dogme, il a institué distinctement le sacrifice et toutes les cérémonies, il a créé des prêtres ? — *Rien de tout cela ; on ne trouve dans son histoire écrite par ses disciples, ni ces sacrifices, ni ces mystères, ni ces prêtres, ni ces prodiges sans nombre : mais nous lisons dans cette histoire. qu'étant un soir à souper avec ses amis, il prit par forme de conversation un morceau de pain qu'il partagea avec eux en leur disant: Ceci est mon corps ; et quand vous ferez ces choses, vous les ferez en mémoire de moi : il n'a jamais dit que ce peu de mots sur cette importante matière. Cent auteurs ont travaillé, ont écrit sur ce passage· et en ont enfin tiré cette admirable doctrine que nous venons de vous enseigner.* — Il fallait que ce fussent d'habiles gens. — *Oh ! nous vous en faisons juge ; il faut vous*

dire aussi qu'ils étaient tous prêtres. —
C'est-à-dire de ceux qui se vantent de
faire le miracle ? — *Oui, Monsieur.* — Eh
mais ! je suis un peu moins étonné que
je n'étais d'abord. — *Malgré une autorité
si décisive, des nations entières ont altéré,
ont défiguré, ont nié ce dogme ; il a fallu
le défendre les armes à la main et il n'en a
guère, coûté que trois ou quatre cent mille
hommes pour le conserver dans toute sa
pureté chez quelques peuples seulement, car
il a été aboli chez beaucoup d'autres.*

Cependant un d'entre eux me tira doucement par la manche, et me dit. — *Suivez
ce qui se passe à l'autel.* — J'obéis : Le
prêtre tira une petite clef de sa poche, il
l'appliqua à un petite serrure et ouvrit une
petite niche obscure qui était au milieu
de l'autel ; il s'inclina, porta sa main dans
la niche, et en retira un vase d'argent ; il

découvrit le vase, et retira avec le bout des doigts une très-petite feuille de pâte, se retourna vers les spectateurs, descendit de l'autel, s'approcha d'une balustrade couverte d'une nappe ; tous les assistans s'avancèrent l'un après l'autre, prirent un bout de la nappe sur leurs mains, baissèrent les yeux, levèrent la tête, tirèrent la langue ; le prêtre les parcourait tous, et leur plaçait sur la langue le petit morceau de pâte.

Quand tout cela fut fini, j'en demandai l'explication, selon mon usage : ils me dirent tranquillement. — *Ce sont autant de Dieux que nous avons mangés ; de quoi êtes-vous étonné ? il me semble que chacun son Dieu, ce n'est pas trop.* — Quoi ! Messieurs, ce va e que le prêtre a tiré de ce petit cachot noir, était tout plein de Dieux ? — *Oui vraiment, tant qu'il y en peut tenir, tous couchés les uns*

*sur les autres en attendant qu'on les mange ;
tous les jours la table est dressée, comme vous
voyez, la nappe est mise ; et tout homme
qui se sent en appétit spirituel peut venir se
régaler dévotement.* — Le matin et l'après-
midi ? — *Le matin seulement.* — Ah ! je
comprends, vous ne mangez votre Dieu
qu'à déjeûner ; et dans tous vos temples
est-ce la même chose ? — *N'en doutez
pas, dans tous les pays où notre religion est
établie, il se consomme peut-être, bon an,
mal an, cent ou deux cent millions de Dieux.
Répétez ce nombre jusqu'à la fin du monde,
ajoutez-y le grand nombre de siècles qui se
sont écoulés depuis l'établissement du notre
culte, vous verrez des milliards des milliards
de morceaux de pâte, de Dieux, de méta-
morphoses, de prodiges et d'estomacs
humains changés en temple de la Divinité.
Ah ! Monsieur, l'admirable religion ! nos*

champs sont couverts de moissons, et il n'y a pas un seul grain de bled qui ne puisse au besoin devenir un Dieu. — Vous n'en dites pas assez, Messieurs ; car, d'après, vos principes, vous n'avez qu'à briser en particules insensibles tous les morceaux de pâte, le tout sans faire aucun mal à votre Dieu (car ce serait bien dommage), et en ce cas, vous multiplierez vos Dieux comme les sables de la mer. Je découvre encore que, comme il y a dans le sein de la terre une infinité de portions de matières qui peuvent devenir du bled et de la farine, toutes ces multitudes innombrables de particules n'attendent qu'un heureux hasard, pour être autant de Dieux : j'aperçois dans un tas de fumier des milliers d'êtres divins possibles ; vos latrines mêmes en regorgent ; et il n'y a pas une partie de vos cadavres, qui ne

puisse à son tour devenir une divinité. —
On ne peut pas mieux raisonner,
— dirent-ils alors : *vous avez saisi toute
la fécondité des principes.* — Mais, repris-
je aussitôt, il me reste une question à
vous faire : quand vous avez mangé votre
Dieu, vous êtes donc vous-mêmes autant
de Dieux ambulans ; et s'il plaisait à un
de vos prêtres de se nourrir uniquement
de cette pâte divine, tout son corps à la
longue ne serait donc plus qu'une
coagulation de Dieu et s'il allait à la
garde-robe, ses excrémens seraient encore
des Dieux, et vous tiendriez sans doute à
grand honneur de les manger ? — *Vous
vous trompez ici, me dirent-ils froidement.* — Mais, Messieurs, comment la
chose peut-elle n'être pas ainsi ? j'ai bien
voulu ne pas vous contester la destruction
et l'anéantissement de votre pâte, de votre

eau et de votre vin ; mais Dieu, ne peut être ni détruit ni anéanti : et s'il ne peut l'être, ma conséquence est nécessaire et évidente. Puisque vous mangez Dieu, ou vous le digérez, ou vous le rendez par les selles, pardonnez-moi le terme. — *Ni l'un ni l'autre,* — me dirent-ils : *Notre Dieu, il est vrai, prend un singulier plaisir à être mangé ; on ne peut rien faire qui lui soit plus agréable.* — A la bonne heure, on ne dispute pas des goûts. — *Mais Monsieur, de ce qu'il aime à entrer dans notre bouche, il ne s'ensuit pas qu'il veuille s'enterrer dans notre estomac ni sortir pas notre derrière ; notre Dieu est décent, et nous vous prions de croire qu'il n'habite jamais dans un pot de chambre ; écoutez bien comment la chose se passe ; aussitôt que Dieu est descendu dans notre estomac, la pâte, l'eau et le vin renaissent, et !!*

n'est plus question de Dieu. — Il sort sans doute par en-haut ou par en-bas? — *Il ne sort point.* — Il reste donc? — *Il ne reste pas non plus.* — Que devient-il donc? car enfin il faut qu'il sorte ou qu'il reste, ou bien qu'il s'anéantisse ; et je vous avoue qu'un Dieu qui s'anéantit, ne m'impose point du tout, et qu'il me donne très-mauvaise opinion de lui. — *Prenez garde à ce que vous dites ; notre Dieu ne s'anéantit point.* — Eh bien! je ne veux pas disputer, je me bornerai à une expression qui pourra peut être vous satisfaire : il a d'abord escamoté le pain et le vin, et il finit par s'escamoter lui-même. — *Le terme n'est pas noble, mais nous voulons bien vous le passer, puisqu'il ne rend pas mal l'idée que nous avons de cet adorable mystère : d'ailleurs il s'agit de vous gagner à notre sainte religion, nous vous devons* quelque condescendance. *Ne vous sentez-vous pas merveilleusement édifié ? notre Dieu ne vous paraît-il pas grand et sublime ? sa doctrine, sa vie, ses mystères, tout ne vous semble-t-il pas marqué au coin de la Divinité ?*

J'hésitais à répondre. — *Allons mon cher enfant.* — reprirent-ils, — *Soumettez-vous, ne résistez plus.* — Je craignais de les choquer, je ne disais mot : alors ils s'approchèrent de moi avec un vase plein d'eau ; ils me prièrent avec beaucoup de politesse de permettre que l'on versât quelques gouttes de cette eau sur ma tête. Je suis complaisant de mon naturel, et je ne fis aucune difficulté d'y consentir, d'autant plus qu'ils paraissaient le souhaiter avec beaucoup d'empressement. L'eau fut versée ; ils m'essuyèrent ensuite très-proprement ; ils me sautèrent ou cou ; ils

s'écriaient : — *Vous êtes notre frère, vous
êtes chrétien !*........

Toute cette cérémonie finit par un grand
dîner ; un des chapelains prit beaucoup d'a-
mitié pour moi ; en buvant, il me dit le se-
cret de l'Église. « Toutes ces inepties, dit il,
« furent inventées par des fripons. Les uns
« et les autres trouvèrent leur compte à
« tromper les hommes ; les énergumènes
« nourrissaient leur orgueil, en faisant des
« prosélytes ; les gens adroits mirent
« l'argent des uns et des autres dans leurs
« poches. Quand la folie et l'intérêt se
« joignent ensemble, cela va loin ; la raison
« est venue trop tard, elle n'a pu résister au
« torrent ; et nous serons le peuple le plus
« absurde de la terre, jusqu'à ce qu'enfin la
« voix des honnêtes gens qui détestent ces
« infâmies, puisse se faire entendre. »

Je levai les épaules de pitié ! j'embrassai

mon homme, et je retournai bien vite dans mon pays.

C'est aujourd'hui seulement que je comprends la malice profonde de ce singulier chrétien qui, jugeant l'humanité d'après les gens de son pays, ou plutôt, raillant finement ces énergumênes se disant civilisés, écrivit dans le temps, ces caustiques paroles :

« . . . . »

« *Le plus sot animal, à mon avis, c'est l'homme.* »

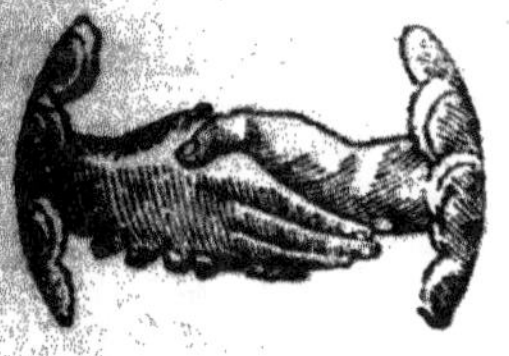

FIN.